句集

釣り糸

大崎紀夫

ウエップ

句集　釣り糸／目次

句集　釣り糸

装丁・近野裕一

Ⅰ　2017年

〔163句〕

人日の日向を三歩ほどで過ぐ

シーソーの両端に人日脚伸ぶ

くべられし枯菊に火のうつりけり

人かげの時折かかる寒牡丹

座るのはガスストーブの斜め前

空つぽの犬小屋のある冬日向

坂道をからすおりゆく春隣

盆梅のかをりは廊下曲るまで

春めける風の磧《かわら》に出でにけり

囀りは近くの枝へ移りけり

梅が散るそのとき海の波ひかり

目刺焼くガスの火絞りまた絞り

干竿に風のきてゐる黄水仙

囀りは道をへだてしひと木より

春の月運河をゆるり水流れ

川上へ柳絮とぶ昼きたりけり

蘆牙のいくつかに触れ波終はる

庭先に干し物ならぶ山桜

白木蓮暮れゆく空の端つこに
肩に竿寄せて蜆を掻いてをり

積まれたる丸太を蝶の越えにけり

竹藪の日向を蝶のよぎりゆく

沼尻のあたり菜の花真つ盛り

勝鶏の血をぬぐひゐる脱脂綿

灯るころ辛夷は空に高く咲き

春昼の倉庫の軒の下に猫

土手に雉子ゐて川上へ風すこし

春昼の艇庫の外にシャツ干されれ

舟小屋のまはり浜大根の花

花韮を一面咲かせ老いてゐる

花吹雪薄日はいつか雲間より
春の午後暑し船行き船来たる

椛《すわえ》よりやや茶みどりの楠若葉

出航の汽笛は三度春の雲

犬が尿するたんぽぽの絮のそば

亀鳴いて墓場の石はみな乾く

日は薄し牡丹へ午後の風吹いて
中洲より柳絮は飛んで土手越えて

陽炎の立つ磧へと犬走り
海市見てもどるとき鳴る昼のポー

燕くる旋盤あをく廻りゐて

警備艇が折り返しゆく花ぐもり

鉛筆をノートに挟む目借時

溜め池は水溜めきつて初つばめ

明日立夏言問橋を風わたり

雪渓の裾に水音空あをし

水門で差し潮とまる行々子

象舎向うに梧桐が吹かれゐる

軽鴨の子の水切る速さまのあたり

舟小屋の舟水漬きゐる花茨

干草の先へしばらくゆけば川
昼すぎの田の水たひら糸とんぼ

明日葉を分けゆくやうにゆき墓域

梅雨ぐもり賽の河原の先は海

炎昼の河馬はぬーつと水に入る

木の影が軒にきてゐる　心太

腕を伸ばせば蚊柱に届くかも

舟小屋のそばの木苺つまみけり

バス停の空をかはほり行き来して
ダンサーが団扇あふぎて帰りゆく

草矢打つさざ波白き十三湖

めまとひへライターの火を振りまはす

炎昼の盥にポンプ井戸の水

街灯の灯の届きゐる金糸梅

夜に近き沼尻に椎にほひけり

旧川に亀浮いてゐる栗の花

枝蛙こけし工房窓開けて

攩網の柄を伸ばし蚊柱すくひけり

夏ぐみは渋し山畑かわきゐて
蟬が鳴く油びかりに海は凪ぎ

中洲より郭公のこゑ届きけり

午後五時の西日の中に転轍機

かき氷向かひの影を猫が行き

引込線尽きるあたりの竹煮草

駄菓子屋の日除に鉄の骨見えて

箱庭に転がつてゐる消防車

十階の窓より日雷の町

灼け石が二度水切つて沈みけり

炎昼の土手に積まれてゐる土嚢

白日傘すこし先には烏帽子岩

高知駅うしろに大き雲の峰

パリ祭のもの干す紐にシーツ垂れ

校庭にほつたらかしのボール灼け
イタコ住む家まで南瓜咲く道を

ドラム缶叩けばゴンと日の盛り
積まれたる塩化ビニール管灼けて

池へゆきすつきり洗ふ蠅叩

金蠅がきらりと銀座裏へ消ゆ

なめくぢは関守石の方へ這ふ

青鷺は運河の岸に立ちしまま

羊蹄《ぎしぎし》の花咲く四手小屋の裏
空蟬のそのまま今日もありにけり

夜の漁へ船出る頃の蟬しぐれ

星が出ておしろい花が咲ききつて

秋風はヒマラヤ杉の根元へも

山家あり玉蜀黍を縁に干し

へぎそばを食ふ足元の冷や冷やと

もろこしの程よく焦げてゐたりけり

飛び石に昨夜の雨跡山ぶだう
木と草と道に風吹く蟬しぐれ

鶏頭の頭をぽんと叩きけり

秋暑し跨線橋より線路見て

秋じめり亀浮く池の水にごり
鮎を焼く隣りで握り飯焼かれ

峠おりきて菊芋はそここに
流れゆく雲のあかるさ海の秋

砂山の砂の飛びくる葛の花
しばらくは雄ひじわの道雲白し

にごり酒宿の布団をひとつ敷き

白菊の盛りを夜の廊下より

草の花湖への径のまた岐れ
おけら鳴く川つぷちより日は暮れて

柘榴より二三の粒が皿の上

葛の葉がいつぱい四谷駅まはり

沼沿ひの路は猪垣沿ひとなり
竹筒の口へ蝗を落しけり

零余子とる人に午後の日あたりけり

日の薄きまま暮れにけり吾亦紅

貴船菊柱に鎖樋の影

団栗の独楽はたちまち倒れ伏す

新藻を飲み込んでゆく縄なひ機

クリークへ菱舟が出る日曜日

砂つぽい畑道尽きて葛の花

鬼の子に束の間夕日あたりけり

蛇笏忌は明日アオマツムシは鳴き

境木の向うは草の花だらけ

菱の実を舟かたむけて揚げてゐる

ねこじやらしほほけ町工場まはり

物置きの屋根に草むら稲雀

月白の川原に土木事務所の灯

櫨紅葉楓紅葉と過ぎて池
ごめ帰るその日のこゑを聴きにゆく

野紺菊宿場はづれの道細り
雨が降る十一月の校庭に

葱畑に薄日さしゐていまは午後
雲ひとつふたつゆく日の菊枯れて

四手網上げられしまま冬の草

冬の日の没るときからす鳴きつづけ

舟屋まで風まはりくる石蕗の花

藁屑が田ににほひゐる初時雨

揚げ舟に雪積りをり朝晴れて
紙を漉く手元へ朝日とどきけり

冬晴れの庭に転がりゐる馬穴

雪降れりブルドーザーと砂利山に

鹿を狩る犬のこゑ川向うより

塩田をころがつてゆく波の花

坂おりてゆけば日だまり冬桜

新しきぬた場のにほふ冬の岸

木枯しのこゑは土管の口の中

寒波きてをり煙突に日は残り

雪雲の尾のちりぢりになつて晴れ

屋根の雪凍てつき近江明けにけり

冬がすみ川原の低き木にからす
河馬は河馬舎に霙降る日の暮れは

門前にカフェと医院がからつ風
朝市のテント建てをり雪降る中

鶏小屋に風のこゑある冬牡丹

大根を洗ひ終へたる縄束子

かげりてはまた薄日さす冬の薔薇

数へ日の日向に立つて雲を見て

涸れ川の泥底暮るる頃てかり
砂利山のてつぺんに猫じやらし枯れ

南天の実を見て道をゆけば星

Ⅱ　2018年

〔254句〕

追ひ焚きの湯につかりゐる去年今年

羽子板の突き跡数へ切れるほど

飛び石をそれて砂利踏む寒の入り

前山を雲の影ゆく

鳥総松

ひだりは田みぎの方へと梅探る

寒釣りの向かひへ午後の日はうつり

酢海鼠をつまめば海の暮れかかる

墓場への道の飛び石日脚伸ぶ

つむじ風去つてゆきけり紙干し場

坂下へ午後の日まはる花八ツ手

風花は橋の欄干越えにけり

柴漬を漬けきて淦を汲んでをり

笹鳴きは藪の日向の少し奥

枯葛は枝より垂れて昼あかるし

靴ならびをりストーブにやや離れ

冬日差す豚小屋下といふ釣り場

牡蠣むきの半ばは寡婦と笑ひゐる

木漏れ日のある雪道に入りにけり

蠟梅を夕日が去つていつて風

縄飛びの子が縄飛びをやめて月

基地の冬ずらり迷彩色車両

昼からの薄日は千木の雪へまた

雪晴れの入間郡の入間川
駒返る草はベンチのかたはらに

眼張釣る深さはおよそ十尋《ひろ》と

城跡の濠を風ゆく藪つばき

湖暮れて日のある空に奴凧

春の砂よく鳴き漁師らは昼寝

岬鼻に離れて潮目鳥帰る

帚目に薄日さしゐる落椿

ぶらんこは揺れやむところ人去つて
花なづな矢板打ちゐる川のへり

土にほふにほひのなかに節分草

馬酔木ちと咲いてゐるねと立ちどまる

柄を肩に当てて蜆を掻いてゐる

金子兜太氏逝く

春の日向にコッペパン食ひをれば

耕せる畑の土溜め板厚く

麦あをむ畑に隣り登り窯

金網に人抜ける穴オキザリス
すかんぽを噛みつつ午後の海ながめ

藪つばき落ちゐるをんな坂くだる

防風を摘みに砂丘をすべり降り

まんさくが咲いて農家の庭暮れて
馬糞雲丹突くたび舟の揺れてをり

夜の卓にしづかに椿餅ふたつ

紅梅の向うに下田漁港の灯

雲白くゆく日ぺんぺん草は伸び
河馬が歯を見せたんぽぽが咲く真昼

溜め池の亀鳴きをればさつと雨

安房にきて安房のぺんぺん草鳴らす

白木蓮咲ききつてをり月に暈

目借時ベンチの端が空いてゐる

子雀がフェンスの網目くぐりけり

亀の鳴く昼なり子らは校庭に

花ミモザ窓枠赤く塗られゐる

沼尻に集まつてゐる残り鴨

野仏の台座のすみれ咲きにけり

海あをき日のたんぽぽの黄はぎらり

ゆたゆたと舟の水脈くる夜のさくら

釣り餌にひねもす春の蠅たかり

禅僧がゆく先に亀鳴いてをり

しやぼん玉つぎつぎはじけゐる正午

花こぶし水車小屋へと水ながれ
おぼろ夜の羽田空港管制塔

タクシーの出払つてゐる目借時

間をおいて鶏鳴く昼の花なづな

豆の花そばに堆肥の山ひとつ
よく廻るペットボトルの風車

ちらちら《パリ》と蝶は暮れゆく道端に

軒灯はお《ナポリ》ぼろ手前にジェラテリア

プローチダ島　二句

石畳てらてら蜥蜴這ふ真昼

人民のこゑ蠅のこゑかき消して

パエストゥム　二句

青麦の先に糸杉ならぶ墓地

石棺に人骨窓に風ひかり

カゼルタ宮殿

しばらくは道の左右にからす麦

アマルフィへ

かすむ海きりぎしの道ゆけどゆけど

ラベッロ

もやもやと雲ゆく昼の芥子まつ赤

アマルフィ

軒灯は春の夜風のくる方に

カプリ島

野芥子咲く島に薄日のさして午後

虻うなるこゑは目の前すこし上

垣の葉の揺れゐて春のゆくけはい

代田向うに草わたる風の音

海よりの雲低く来る夏あざみ

海髪《おご》揺るるあたり小魚揺るるごと

初夏の線路しづかに切り替はる
ひと畝にふたつみつじやがいもの花

漆かく様子を少し近くより
椅子すこし廻して鞄とつて夏

油照り川原に簡易トイレ立つ

四国・徳島吟行　四句

採石場すぎてまもなく鮎の宿

植田より川へおりゆく鉄梯子

梅雨ぐもりポタージュスープわきに匙

山空木ガードレールに事故の跡

刷け雪は暮るるも白く花煙草

竹やぶのそばに鶏小屋麦嵐

石のかげ石の日向を川蜻蛉

床板の軋む山小屋ちんぐるま

草矢打つ日の暮るるまで岸に立ち

からからと空荷トラックゆく酷暑

川を見る下手の方に鷉泳ぎ

光りつつ海昏れてゆくかき氷

アパートの裏へ猫行く油照り

敷石ががくがく揺るる半夏生草

一歩一歩に舟虫のざわざわと

舟べりに水母夕日はややいびつ

何の木か榣《すわえ》の青葉吹かれゐる

飛び石の上ゆく蟻の道のあり

木下闇先にあかるく墓地展け

閘門のところで戻る蚊喰鳥

トタン塀のそばに灼けたるドラム缶

田の底をかきむしるかに源五郎

干し草を大きフォークで返しゐる

夕暮れが近づいてゐるさるをがせ

正午なり乾きしものに地と蚯蚓

蓮の葉のめくれて午後の一時半

本棚のはみだしてゐる本に蠅

青葦の道うねうねと行けば岸

切株に腰かけて見る紅蜀葵

炎昼の畑になんの木かひとつ

切株の年輪を去る夏の蝶

ザリガニを釣る子の尻は地に触れて
牛蛙鳴いて日暮れがどつとくる

笹舟のひつくり返る日の盛り
口寄せをしてをりやませ吹きわたり

雲低き日暮れきてゐる枝蛙

枕木に靴跡つづくからす麦

緑蔭の全面硝子張りカフェ
飛びこんで浮いて泳いでゆきにけり

枝蛙田んぼ二枚の先に森

木の股にゐて捕虫網振つてゐる

炎昼のもやもや犬眠る
尺蠖が動いて影がうごめいて

おおばこを幾つも踏んでゆけば川
雲海に一本の帆が沈みゆく

ザリガニを釣る三尺の笹の竿
いつぽんの棒立つてゐる日の盛り

ひまはりの向こうの山は八ヶ岳
虎尾草《とらのお》を過ぎれば森の夜つづき

水打つて間口一間半の店

日の盛り電気溶接してゐたる

鱚釣りのひとりは布袋竹の竿

草いきれ川流れゆく竹の棒

日が没りてより風知草よく吹かれ

日の暮れの空に鳶鳴くかき氷

灼けてゐる板切れと屑塩ビ管

舟底に竹竿ひとつ夏終る

角曲がる角にとりわけねこじゃらし
砂利山のふもとにちちろ鳴く昼間

じやがいもの掘られごろりといふ感じ

津軽　八句

林檎色づき雲低き日なりけり

稔田と道をへだてて消火栓

斜陽館の庭に木賊と古井戸と

硝子窓の鍵垂れてゐる秋の午後

漁具置場裏手の芒吹かれゐる

秋の鷗が突堤を去つてゆく

電線が日暮れて秋の日は海へ

津軽晴れゐてをちこちに捨て南瓜

羽前　三句

葛の花鼻毛の長き仁王像

稔田の向うにニンギョさまの堂
髭づらの賽の神なり稲稔り

海に白波秋蟬は鳴きやまず

水たまり近くで番ひゐる蜻蛉

畝の間を雀はねゆく芋嵐

橋わたりゆけば花梨の木に花梨

柘榴とる梯子を立ててをりにけり

岩間より水音のくる鳥兜

町工場裏手に川と昼の虫
高稲架の隙間くぐりて風来たる

鶏頭のすぐそばに電信柱
かまきりの向うに昼の明るさは

芋嵐そろそろ昼の十二時に
鶏小屋の鶏が昼鳴く赤のまま

欄干に塩辛とんぼ午後晴れて
街の灯のにじみゐる夜は蚯蚓鳴く

榠樝の実でこぼこ犬が道にゐて
蚯蚓鳴くその一匹を釣の餌に

雨ぽつときてこほろぎが鳴く空き地

団栗がよく落ちてくる水たまり

刷け雲の端かすれゐて鳥渡る
川原より水引いてゆく黍あらし

橋の影のびゆく先に鱸釣り

藤袴昼の磧は乾ききり

吊り革に傘揺れてゐる秋の昼

団栗のそれぞれに土はねし跡

川曲るあたり波立つ曼珠沙華

落ち口に水垂れてゐる彼岸花

いわし雲演習場に機銃音
檜枝岐村の蚯蚓が鳴いてゐる

蚯蚓鳴く淡海へ道をくだるころ

木道の下を水ゆく沢桔梗

敗荷のまはりの水のよく吹かれ

溝蕎麦の向うを最上川支流

釣りやめてひとりは自然薯を掘りに

鯊舟に差し潮のとき来たりけり

山裾の道はうねうね括り桑

鯊の顔見てより魚籠へ放りこむ

水澄んで底のヘドロに波のかげ

草虱つけて新宿駅にゐる

子らの列稲架の向うにかくれけり

プラタナス黄葉の下にメトロの灯

乾きたる砂場の砂に秋の蠅

まだ皿に秋刀魚の骨がのつてゐる

草の花傾いてゐる土留め板

いわし雲廃工場の屋根に穴

柘榴裂け雲浮いてゐる山の上

柘榴あかあか犬小屋に犬眠り

藁塚の日向で三時間眠る

秋の亀鳴くかに首を伸ばしをり

庭石の凹みに椎の実の二三

棒稲架に近き信号黄のままで

秋の日の海に没りゆくころの雲

菱採りの舟ずるずると揚げらるる

一位の実ふふみて寺を去ることに
桑括りたる藁縄のにほひゐる

鮭打ちしバットを洗ひゐる男
黄落のひかりたちまち地に触れて

衣擦れの音ゆく秋の夜の楽屋
トロ箱の乾きゆくいろ雁渡し

右に曲るとすぐ前に秋の海

ヒメムカシヨモギの午後となりにけり

角右に曲れば右に草の花

城垣の中ほどまでの蔦紅葉

水出でしばかりの河馬に銀杏散る

行く秋の飛び石ひとつづつひかり

山茶花が咲いて昼月ほぼ丸く

沼尻に十一月の薄氷

ゆるゆると靄うつりけり浮寝鳥

星ひとつ出てゐて沖に雪起し

冬たんぽぽ採石場の休みの日

枝道の先に墓地あり冬の鵙

その辺で猫が鳴きをり冬の薔薇

三四歩先の日向に冬の蝿

竹藪のそばの木にゐる冬の鵙

干すシャツの背中あたりに冬の蜂

寒肥のにほふ畑に近くゐる
道よぎる狸の背中みたるのみ

川漁の舟が出てゆく雪催

二階屋の二階に布団干されゐる

冬の虹立つて鳶のこゑしきり
窓に雪当たりてこぼれゆく様を

ゆるゆると牡蠣舟もどるころ晴れて
晴れ間出てきて伏せ鉢の底に雪

雪しづる音は朝市閉づるころ
日暮れには木地師の庭に雪つもり

木枯のこゑの向うに妙義山
喧嘩する鶏小屋の鶏茶が咲いて

山羊がゐて犬小屋は空《から》冬の虹

敷き藁のややずれてゐる冬牡丹

藪を出て日向の方へ雪蛍

仲見世の裏に日のある十二月

桟橋に朝のきてゐる鰤起し

閘門をくぐる落ち葉と藁屑と

綿虫が夕日のなかへひとつまた

鉢の水涸れその腹はてらてらと

あとがき

第8句集名が「ふな釣り」だったので、今度の第10句集は「釣り竿」という題にしようかと思った。そのときふっと幸田露伴の句が頭に浮かんだ。〈春風や鮒つるいとのふるるほど〉という、わたしの好きな句である。ということで句集名を「釣り糸」とすることにした。

2019年6月

大崎紀夫

著者略歴
大崎　紀夫 (おおさき・のりお)

1940年（昭和15年）　埼玉県戸田市に生まれる
1963年（昭和38年）　東京大学仏文科卒　朝日新聞社に入社
1995年（平成７年）　「俳句朝日」創刊編集長
1996年（平成８年）　「短歌朝日」創刊　２誌の編集長を兼任
2000年（平成12年）　朝日新聞社を定年退社
「WEP 俳句通信」創刊編集長
2001年（平成13年）　結社誌「やぶれ傘」創刊主宰

俳人協会会員　埼玉俳句連盟参与　日本俳人クラブ評議員
（財）水産無脊椎動物研究所理事

句集に『草いきれ』(04年)『榠樝の実』(06年)『竹煮草』(Ⅰ・Ⅱ合冊、08年)
『遍路――そして水と風と空と』(09年)『からす麦』(12年)『俵ぐみ』(14年)
『虻の昼』(15年)『ふな釣り』(16年)『小判草』(17年)
詩集に『単純な歌』『ひとつの続き』
写真集に『スペイン』
旅の本に『湯治場』『旅の風土記』『歩いてしか行けない秘湯』
釣り本は『全国雑魚釣り温泉の旅』をはじめ多数刊行
他に『渡し舟』『私鉄ローカル線』『農村歌舞伎』『ちぎれ雲』『地図と風』
『n の方舟』など

現住所＝〒335-0022　埼玉県戸田市上戸田 1-21-7

句集　釣り糸
2019 年 6 月 25 日　第 1 刷発行
著　者　大崎紀夫
発行者　池田友之
発行所　株式会社ウエップ
〒 160-0022　東京都新宿区新宿 1-24-1-909
電話　03-5368-1870　郵便振替　00140-7-544128
印　刷　モリモト印刷株式会社

※定価はカバーに表示してあります　ISBN978-4-86608-077-2